W0398675

RATUS POCHE

COLLECTION DIRIGÉE PAR JEANINE ET JEAN GUION

La grosse bêtise de Ratus

Les aventures du rat vert

- Le robot de Ratus
- Les champignons de Ratus
- Ratus raconte ses vacances
- Ratus et la télévision
- Ratus se déguise
- Les mensonges de Ratus
- Ratus écrit un livre
- L'anniversaire de Ratus
- Ratus à l'école du cirque
- Ratus et le sapin-cactus
- Ratus et le poisson-fou
- Ratus et les puces savantes
- Ratus en ballon
- Ratus père Noël
- Ratus chez le coiffeur
- Ratus et les lapins
- Ratus aux sports d'hiver
- Ratus pique-nique
- Ratus sur la route des vacances
- La grosse bêtise de Ratus
- Ratus chez les robots
- Ratus à la ferme
- Ratus champion de tennis
- La classe de Ratus en voyage
- Ratus en Afrique
- Ratus et l'étrange maîtresse
- Ratus à l'hôpital
- Ratus et la petite princesse
- Ratus et le sorcier
- Ratus gardien de zoo
- En vacances chez Ratus

© Hatier Paris 2003, ISSN 1259 4652, ISBN 2-218 74546-1

La grosse bêtise de Ratus

Une histoire de Jeanine et Jean Guion
illustrée par Olivier Vogel

HATIER

Maître Minetta
Maître Gugustino et son chien
M. Labiqu

Les personnages de l'histoire

Pour Gabrielle et Nathalie,
ce clin d'œil de Ratus.

1

Lorsque Ratus s'arrête devant la boutique du fromager, celui-ci est occupé à compter sa caisse. Il lève le nez en entendant la porte s'ouvrir :

– Bonjour, monsieur Ratus, dit-il poliment. Qu'est-ce que je vous sers ?

– Moi, je ne vous serre pas la main ! répond le rat vert d'un ton méchant.

Et il étale devant M. Labique ahuri, des morceaux de fromage qu'il a apportés.

– Vous reconnaissez ça ? demande-t-il.

– Ben… euh… c'est du fromage.

– Du fromage ? hurle Ratus. Ce sont des trous avec de la croûte autour, monsieur !

M. Labique a la réputation de vendre des

produits de qualité. Alors, il proteste :

– Mais c'est de l'emmenthal ! Et il y a toujours des trous dans l'emmenthal…

– Je n'en ai jamais vu comme celui-ci, s'emporte Ratus. Il n'y a que des trous. Ma parole, il a été fait avec du lait pétillant !

M. Labique cherche à se justifier :

– C'est de l'emmenthal chinois, explique-t-il. Il est bien moins cher.

Ratus n'en revient pas :

– De l'emmenthal chinois ? Ça existe ?

– Bien sûr ! Et il est économique. Les vaches coûtent moins cher, là-bas…

L'étonnement passé, c'est la colère. Une grosse colère qui monte du plus profond de Ratus, qui le fait trembler de rage et qui explose soudain dans la petite boutique du fromager :

– Assassin ! rugit-il. Vous avez voulu m'empoisonner ! Avec du fromage chinois !

Ratus s'étrangle d'indignation et, emporté 1
par sa colère, il bombarde M. Labique avec
les morceaux de fromage qu'il a apportés.
Le pauvre homme se réfugie dans son arrière- 2
boutique, réussit à attraper le combiné du
téléphone et compose le numéro de la police :

– Au secours ! Ici le fromager…

Il n'en dit pas plus. Outre ses énormes
trous, le fromage chinois a aussi l'inconvé-
nient d'avoir une croûte dure comme de la
pierre. Un morceau plus gros que les autres
vient de toucher M. Labique qui s'effondre. 3

– Ce filou n'empoisonnera plus personne, maintenant ! conclut Ratus.

Et il s'en va, furieux, mais tout de même inquiet d'avoir assommé M. Labique avec un morceau de fromage.

Qu'est-ce que les gendarmes reprochent à Ratus ?

2

Le lendemain matin, Ratus est réveillé par l'arrivée des gendarmes. Apercevant le rat vert à la fenêtre, ils portent la main à la tempe pour un salut réglementaire et 4
commencent à expliquer l'objet de leur visite :

– Hier après-midi, vous avez agressé le 5
citoyen Labique…

– Il voulait m'empoisonner avec du fromage chinois, dit Ratus.

– Vous l'avez assommé ! dit sévèrement le gendarme.

Ratus réfléchit quelques secondes, le temps d'inventer un mensonge :

– Euh… il a glissé sur un morceau de

fromage et il s'est fait mal en tombant… Ce n'est pas de ma faute !

– Les voisins ont entendu des cris dans la boutique, continue le gendarme. Ils vous ont même entendu traiter M. Labique d'assassin !

– C'est pas vrai ! Faut pas les croire ! Les gens sont menteurs.

Les gendarmes se mettent à rédiger leur rapport et terminent en notant que Ratus affirme qu'il est innocent.

Le rat vert signe et les gendarmes s'en vont. En sortant, ils croisent un petit homme vêtu de noir qui se dirige vers la maison de Ratus.

– Qu'est-ce qu'on me veut encore ? grogne le rat vert en entendant frapper à sa porte.

– Je suis maître Soixante, huissier de 6
justice, dit l'homme en se présentant.

– Mètre cinquante ou mètre soixante, je m'en moque ! fait Ratus.

– Je viens vous délivrer…

Ratus regarde le bonhomme en se tapant le front :

– Me délivrer ! ricane-t-il. Mais je ne suis pas prisonnier ! Vous n'avez pas besoin de me délivrer…

– Je viens vous délivrer une assignation. 7
En clair, M. Labique porte plainte contre vous. C'est écrit sur ce papier, là.

Et il brandit une feuille. Un peu inquiet, Ratus lit, puis s'écrie :

– M. Labique veut que je lui paie cent mille francs pour une petite bosse de rien du tout ! Il est fou !

– Et vous irez au tribunal, ajoute l'huissier.

Le rat vert ne comprend pas très bien ce que tout cela signifie :

– Il y aura un juge ? demande-t-il.

– Oui.

Que risque-t-il d'arriver à Ratus ?

– Et je serai accusé ?

– Et oui ! répond le petit homme en noir.

Le pauvre rat vert est pris de panique. Sa 8
gorge se serre. Sa main tremble tellement qu'il n'arrive pas à tenir la feuille de l'huissier. M. Labique a voulu l'empoisonner et c'est lui qui va être condamné à payer une très forte amende. Il risque même d'aller en prison ! Ratus sent de grosses larmes qui lui montent aux yeux et il éclate en sanglots. Il se précipite chez Belo.

– Mina ! crie-t-il. Au secours ! Mina, aide-moi !

3

Alertés par les cris du rat vert, ses voisins accourent. Ratus leur explique ses malheurs.

– Il faut trouver quelqu'un pour te défendre, dit Belo.

– Un avocat, comme dans les feuilletons à la télé ? demande Ratus.

Belo sourit :

– Oui, si tu veux. Je crois que Victor en connaît un. Je vais lui téléphoner.

Un peu plus tard, Victor est là. Il écoute l'histoire du rat vert, puis raconte comment il a trouvé une avocate formidable le jour où on l'avait accusé d'avoir volé trois saucisses.

– Et tu n'as pas été condamné ? demande Ratus.

– Si, si… bredouille le gros chien, mais je

n'avais pas volé les saucisses.

– Alors, ton avocate n'a servi à rien ! conclut Ratus.

– Bien sûr que si, dit Victor, l'air un peu gêné. Sans elle, j'aurais sûrement été condamné deux fois plus…

Ratus est ennuyé, mais il n'a pas le choix. La seule chose qui l'intéresse, c'est de se défendre contre M. Labique.

– Ton avocate, elle pourrait s'occuper de moi ?

– Oui, mais ça coûte cher ! répond Victor.

– Moins cher que M. Labique ! Il veut que je lui donne cent mille francs.

Victor en convient : c'est vraiment beaucoup.

On prend donc rendez-vous avec l'avocate et, quelques jours plus tard, Ratus se retrouve dans sa salle d'attente avec Belo et Victor. Le gros chien a mis un joli costume,

Qui est l'avocat de Ratus ?

une chemise blanche et une cravate.

Une jeune femme mince, élégante et souriante, ouvre la porte.

– Je te présente Maître Minetta, bafouille le gros chien en rougissant.

Maître Minetta regarde Ratus droit dans les yeux :

– Monsieur Ratus ? demande-t-elle.

– Oui…

– Comment allez-vous ?

– Pas bien ! répond le rat vert.

– Je sais. Monsieur Victor m'en a parlé.

L'avocate les fait entrer dans son bureau.

– Asseyez-vous, dit-elle en montrant les fauteuils qui font face à sa table de travail.

Ratus raconte son histoire. De temps en temps, Maître Minetta l'interrompt pour parler dans un petit magnétophone. Quand Ratus a terminé, elle déclare :

– Pas de problème. C'est une affaire

facile. On dira qu'un trou de fromage ne peut pas assommer quelqu'un et M. Labique sera couvert de ridicule… Monsieur Ratus, vous allez gagner !

– Alors, je n'aurai rien à payer ? demande le rat vert.

– Non, rien à M. Labique.

Puis elle ajoute, après une hésitation :

– Mais à moi, il faudra me payer des honoraires. Aujourd'hui, comme c'est la première fois, ça fera seulement mille francs.

– C'est cher ! s'exclame le rat vert.

– Pour gagner, il faut y mettre le prix, dit l'avocate en souriant gentiment.

Devant un si joli sourire, Ratus se sent désarmé et Belo signe un chèque.

– Tu me rembourseras plus tard, lui dit le grand-père chat.

– Au revoir, Maîtresse ! dit Ratus.

L'avocate rit :

– Tu n'es pas à l'école ! À un avocat, on dit « Maître », même si c'est une femme.

– À bientôt, Maître, dit Belo.

– À bientôt, Gertrude, dit Victor à voix basse.

Sur le chemin du retour, Ratus marche tête baissée, en regardant ses pieds.

– Avec mille francs de *zonoraires*, j'aurais pu m'acheter beaucoup de fromages, grogne-t-il.

Il se tourne vers Belo et lui demande :

– Tu crois qu'on va me mettre en prison ?

Belo le rassure du mieux qu'il peut, tandis que Victor évoque les talents de son avocate préférée.

– Elle est très douée…

– Comment tu le sais ? coupe Ratus. Elle ne t'a pas fait gagner !

– Euh… euh… non, bredouille Victor.

Mais je te l'ai déjà dit : sans elle, j'aurais encore plus perdu.

– Taratata ! Moi, je crois qu'elle n'y connaît rien.

– Si ! proteste le gros chien. Un jour, elle m'a dit que c'est moi qui avais les plus beaux muscles de Villeratus ! Et c'est vrai !

Le pauvre rat vert se sent si malheureux qu'il n'a même pas envie de se moquer de Victor.

Et la nuit venue, il fait d'horribles cauchemars : il est attaché sur un fauteuil et un fantôme qui ressemble à M. Labique lui lance des fromages blancs qui sentent le poisson…

4

Le lendemain, une réunion se tient chez Belo. Victor est arrivé très tôt.

– Je me suis renseigné, dit-il. Je sais qui est l'avocat de M. Labique. C'est Maître Gugustino.

– Je ne comprends pas, dit Ratus. Moi, j'ai besoin d'un avocat pour me défendre, pour ne pas aller en prison. Mais M. Labique ne risque pas d'aller en prison, lui. Alors, pourquoi a-t-il un avocat ?

– Pour t'envoyer en prison, pardi ! répond Victor. Maître Gugustino va essayer de prouver que tu mérites d'y aller.

– Maître Gugustino ? reprend Belo. On dit qu'il fait condamner tout le monde !

Qui est l'avocat de M. Labique ?

Chacun donne son point de vue sur l'avocat de M. Labique : Marou a lu dans un journal qu'il était toujours accompagné d'un petit chien frisé ; Belo dit que M. Labique a bien choisi et qu'il ne le croyait pas si malin ; Mina, qui a vu l'avocat à la télévision, le trouve plus gros que Belo ; Victor rappelle que maître Minetta est très belle alors que maître Gugustino ressemble à un tonneau à force de manger des gâteaux et des frites.

– Je pourrais lui faire une farce, propose Ratus.

– Surtout pas ! dit Belo. Cette fois, tu irais bel et bien en prison. M. Labique a le droit de choisir l'avocat qu'il veut. C'est à toi de te défendre, avec l'aide de Maître Minetta.

– J'ai une idée, dit Victor. Cet après-midi,
il y a un procès au tribunal de Villeratus. On 11
va y aller pour voir comment ça se passe.

Ratus n'en a pas envie. Il dit qu'il a assez

de ses soucis sans aller voir ceux des autres.

– Devinez qui défend le voleur ? insiste Victor.

Les yeux de Ratus se sont mis à briller. Il a compris ce que Victor va dire.

– Maître Gugustino ?

– Eh oui ! dit le gros chien, très fier de son effet. Si vous voulez, on peut aller voir le plus terrible des avocats au travail.

Ratus et ses amis se sont installés sur un banc du tribunal de Villeratus. Le juge est un vieux monsieur qui pose ses questions gentiment.

Maître Gugustino a attaché son chien à la chaise. Il est assis à côté de son client, un renard qui ricane en regardant une poule expliquer :

– Vous comprenez, M. le juge, j'avais mis trois œufs de côté pour les couver. Ce voleur est arrivé. Il m'a donné un coup de pied au derrière et m'a volé mes œufs.

Maître Gugustino se lève.

– Un coup de pied au derrière ? C'est vite dit.

– Ouah ! Ouah ! approuve son chien.

Il continue :

– Vous ne pouvez pas prouver que vous avez reçu ledit coup de pied !

– Si, si ! affirme la poule. J'ai un certificat médical. Pendant dix jours, je n'ai pas pu pondre d'œufs parce que j'avais le croupion endolori. 12

L'avocat du voleur ne se démonte pas pour si peu :

– Votre médecin a-t-il précisé la forme du pied qui vous a endolori le croupion ?

– Euh… non…

– Donc, cela pourrait être n'importe quel pied ? Le mien, celui du juge ou celui de votre honorable époux fatigué de vous entendre caqueter pour trois malheureux œufs.

– Mais… balbutie la poule.

– Oh ! fait le public, choqué par la méchanceté de maître Gugustino.

– Rien ne prouve que mon client est coupable, continue l'avocat. Vous aviez gardé trois œufs. Pour quoi faire ? Pour tenter les voleurs ?

La poule en reste le bec ouvert. Elle ouvre de grands yeux ahuris. Elle s'apprête à répondre, mais, à ce moment-là, Ratus voit Maître Gugustino marcher sur la queue de son chien.

– Ouah ! Ouah ! Ouh… ! hurle la pauvre bête.

– Excuse-moi, lui dit hypocritement son 13
maître. Où en étions-nous ? Ah, oui, j'y suis ! Mme Lapoule excite les braves gens en leur

mettant des œufs sous le nez et, après, elle vient se plaindre…

Le juge intervient :

– Quelles sont vos conclusions, Maître ?

– Je crois qu'il ne faut pas laisser Mme Lapoule en liberté. C'est un danger. Quelques années de prison lui feront du bien. D'ailleurs, M. le juge, c'est une bonne affaire pour la prison : avec les œufs qu'elle pondra, on pourra nourrir les prisonniers.

Le juge se tourne vers la poule :

– Voulez-vous ajouter quelque chose pour votre défense ?

– Je n'y comprends plus rien, se plaint la malheureuse. Je veux retourner dans mon poulailler… J'ai mal à la tête.

– Décidément, dit maître Gugustino en ricanant méchamment, mal au croupion, mal à la tête, vous avez toujours mal quelque part, ma pauvre dame !

Qui a été jugé coupable ?

– Ouah ! Ouah ! commente le chien.

Là-dessus, le juge décide que Mme Lapoule ira nourrir de ses œufs toute la prison de Villeratus pendant six mois. M. Lerenard est déclaré innocent, faute de preuves.

– Alors, qu'en dites-vous ? demande Victor en quittant le tribunal.

– C'est scandaleux ! s'écrie Marou.

– Pauvre Mme Lapoule ! dit Mina.

– Il a fait hurler son chien en lui marchant sur la queue ! fait Ratus, indigné.

– C'était pour empêcher Mme Lapoule de répondre, explique Victor.

– Il fera sûrement le coup du chien à
Ratus, dit Belo. Il faut trouver une parade. 14

Et nos amis rentrent chez eux, révoltés par ce qu'ils ont vu, mais prêts à se battre contre l'affreux avocat de M. Labique.

5

Quand le procès débute, le rat vert a repris confiance en lui, car son avocate lui a donné beaucoup de conseils. Ses amis sont arrivés en avance pour choisir leur place dans la salle. Ils sont tous là pour le soutenir.

– Tu as les saucisses ? demande Belo.

– Oui, répond Victor en distribuant un paquet à chacun. J'ai acheté les meilleures.

Sitôt en possession de son paquet, Mina va s'asseoir au premier rang, le plus près possible de la place réservée à maître Gugustino.

Tout le monde est installé. Le public se lève quand le juge fait son entrée.

– Monsieur Ratus, demande le juge, reconnaissez-vous avoir assommé M. Labique à coups de morceaux de fromage ?

– Ouah ! Ouah ! fait le chien, comme si cette histoire l'amusait.

Le rat vert suit les conseils de son avocate et répond, à la surprise générale :

– Oui, M. le juge.

– Je vous l'avais dit ! hurle le fromager.

– Ouah ! Ouah ! fait le chien, en se tournant vers Mina qui est assise au premier rang.

Avec son marteau, le juge réclame le silence.

– Avec quoi avez-vous assommé ce pauvre homme ? demande-t-il.

– Je ne m'en souviens plus, répond Ratus.

– Faites un effort, reprend le juge.

– Je lui ai juste lancé quelques morceaux de fromage…

Le public éclate de rire.

– Ouah ! Ouah ! fait encore le chien.

À nouveau, le juge tape avec son marteau, puis il fouille dans sa serviette, en sort un casse-

•••••• *Sur qui le juge va-t-il lancer son fromage ?*

croûte dont il retire les tranches de fromage.

– M. Labique, venez là ! ordonne-t-il.

Le marchand s'approche du juge qui lui lance son fromage sur la tête. Bien sûr, M. Labique ne tombe pas dans les pommes et n'a même pas la plus petite bosse. Le public rit de bon cœur. C'est alors que s'élève dans le tribunal la voix puissante de maître Gugustino.

– Oh, non ! Ce n'est pas avec un fromage mou que mon client a été blessé par un personnage insupportable dont les farces nous assomment tous à longueur d'année !

– Ça y est, le voilà qui commence, fait Marou à l'oreille de Mina. À toi d'agir.

Mina se penche vers le chien de l'avocat et lui montre une saucisse qu'elle lance tout près de son museau. Le chien n'hésite pas : il l'avale et fixe Mina pour lui en demander une autre qu'elle lance aussitôt, mais moins loin que la précédente, pour obliger le chien à venir vers elle. Trois saucisses suffisent et le chien est à ses pieds.

C'est maintenant à Marou de nourrir le chien frisé et de l'éloigner de son maître. Belo prend ensuite le relais, puis Victor, si bien qu'en moins de deux minutes le chien est presque au fond de la salle du tribunal. Là, il s'endort profondément car Victor avait ajouté une pilule de somnifère dans les saucisses.

Pendant ce temps, maître Gugustino continue de dire des horreurs sur le pauvre Ratus :

– Vous ne devinerez jamais avec quoi il a assommé ce malheureux M. Labique. Le pire des bandits n'aurait pas osé le faire ! Avec un morceau de fromage sec, tellement sec qu'il était dur comme de la pierre ! Un crime, messieurs et mesdames. N'est-ce pas un crime, M. Ratus ?

Et là-dessus, il écrase la queue de son

chien pour qu'on n'entende pas la réponse du rat vert. Mais le chien ne hurle pas : il n'est plus à sa place ! L'affreux avocat a un moment d'hésitation. Maître Minetta en profite. Elle se lève :

– M. le juge, dit-elle, le fromage sec et dur comme une pierre, c'était M. Labique qui l'avait vendu à mon client. J'ai apporté un morceau de ce fromage, de l'emmenthal chinois, paraît-il.

– Oh ! s'écrie la salle, horrifiée.

Et l'avocate propose au juge de renouveler l'expérience qu'il a faite avec le fromage de son sandwich.

– Lancez ce fromage sur la tête de M. Labique et vous verrez…

Là, M. Labique n'est pas d'accord :

– Non, non ! hurle-t-il. C'est dangereux !

– Donc, M. Labique vend des fromages dangereux, conclut maître Minetta.

Pendant ce temps, maître Gugustino s'est mis à quatre pattes et cherche son chien pour le faire hurler. Mais le procès a changé de tournure. L'avocate de Ratus a appelé un témoin à la barre :

– M. de Lamolaire, vous êtes dentiste à Villeratus. Avez-vous soigné des dents cassées, ces derniers temps ?

– Oui, cent sept.

– Comment vos patients s'étaient-ils cassé des dents ?

– En mangeant de l'emmenthal chinois, le fromage de M. Labique.

– Merci, M. de Lamolaire.

Le juge tourne et retourne le fromage chinois dans ses mains.

– Vous avez osé vendre ça ? demande-t-il au fromager.

– Euh… Il était moins cher que les autres.

– Un caillou n'est pas un fromage, conclut

le juge. Je déclare M. Ratus innocent et je vous condamne à lui offrir un fromage tous les jours pendant six mois. Un vrai fromage, j'ai dit !

Le juge se lève, puis il demande, étonné :

– Où est donc passé Maître Gugustino ? Je ne le vois plus depuis un moment.

– Il est là, crie Victor du fond de la salle. Il dort avec son chien.

Effectivement, maître Gugustino est assis sur une chaise, son chien sur les genoux. Il ronfle à s'en étouffer.

– Il a mangé une saucisse de son chien, puis il s'est endormi, explique Belo.

Qui arrive pendant que Ratus fête sa victoire ?

6

Le lendemain, nos amis fêtent leur victoire. Maître Minetta a été invitée. Elle est félicitée.

– Maître, lui dit Victor, vous êtes très douée. Alors, co… comme…

Mais Victor est tout rouge. Il n'arrive pas à parler.

– Eh bien, qu'avez-vous ? lui demande l'avocate d'un ton légèrement moqueur.

– Euh… rien… euh… je…

– Je sais ce qu'il a, dit Ratus. Il est amoureux de vous !

À ce moment précis, Mamie Ratus fait irruption dans la maison.

– Qui est amoureux de qui ? demande-t-elle, curieuse.

Puis elle s'affale dans un fauteuil :

– Je rentre juste de vacances et j'apprends par les journaux que mon ratounet a failli aller en prison. Quelle histoire !

Elle regarde Victor d'un air malicieux :

– Alors, Victor, vous êtes amoureux ?

Puis elle se tourne vers maître Minetta.

– Qu'est-ce que j'ai ? demande l'avocate, gênée.

– Rien… répond la grand-mère. Mais je viens d'avoir une idée. Je n'ai jamais eu de mari avocat. Et ça peut servir, un avocat ! Est-ce que maître Gugustino est marié ?

– Non, répond Belo.

– Je vais changer ça, décide-t-elle.

– Mais il est gros ! dit Ratus.

– Et il ronfle ! ajoute Mina.

– Taratata, dit Mamie Ratus. Il fera un mari qui ne coûte pas cher à nourrir : il mange des saucisses pour chien !

Quinze jours plus tard, maître Gugustino a disparu de Villeratus : il est introuvable.

– À force de manger la pâtée de son chien, il est tombé malade ! disent les farceurs.

– C'est parce qu'il a perdu son procès contre Ratus, racontent les plus sérieux.

Mais la vérité est tout autre et c'est Ratus qui l'a découverte :

– Quand ma grand-mère lui a dit qu'elle voulait l'épouser, maître Gugustino a eu peur. Il s'est sauvé sans laisser d'adresse. Il a dit qu'il ne voulait pas devenir un fantôme, comme les autres maris de Mamie Ratus.*

* Lire *Les fantômes de Mamie Ratus*, Ratus Poche bleu n° 5.

1
l'**indignation**
Quand on est furieux parce qu'on pense que ce n'est pas juste.

2
il **se réfugie**
Il se sauve pour se protéger.

3
il **s'effondre**
Il tombe comme une masse.

4
la **tempe**

5
vous avez **agressé**
Vous avez attaqué.

6
un **huissier**
Personne qui est chargée de faire exécuter les décisions de la justice.

7
une **assignation**
Ordre donné à une personne de se présenter devant le juge parce qu'on a porté plainte contre elle.

8
pris de **panique**
Ratus est épouvanté : il a très, très peur.

9
couvert de ridicule
Tout le monde se moquera de lui.

10
désarmé
Sans défense.

11
un **procès**
Affaire soumise à la justice et qui va être jugée.

12
endolori
Douloureux.

13
hypocritement
Il ne pense pas ce qu'il dit. Il ment.

14
trouver une **parade**
Trouver une façon de se défendre.

15
faire irruption
Entrer avec force quand on n'est pas attendu.

Les aventures du rat vert

- 1 Le robot de Ratus
- 3 Les champignons de Ratus
- 6 Ratus raconte ses vacances
- 8 Ratus et la télévision
- 15 Ratus se déguise
- 19 Les mensonges de Ratus
- 21 Ratus écrit un livre
- 23 L'anniversaire de Ratus
- 26 Ratus à l'école du cirque
- 29 Ratus et le sapin-cactus
- 36 Ratus et le poisson-fou
- 40 Ratus et les puces savantes
- 46 Ratus en ballon
- 47 Ratus père Noël
- 1 Ratus chez le coiffeur
- 2 Ratus et les lapins
- 9 Ratus aux sports d'hiver
- 13 Ratus pique-nique
- 23 Ratus sur la route des vacances
- 27 La grosse bêtise de Ratus
- 38 Ratus chez les robots
- 41 Ratus à la ferme
- 46 Ratus champion de tennis
- 8 La classe de Ratus en voyage
- 12 Ratus en Afrique
- 16 Ratus et l'étrange maîtresse
- 26 Ratus à l'hôpital
- 29 Ratus et la petite princesse
- 31 Ratus et le sorcier
- 33 Ratus gardien de zoo
- 47 En vacances chez Ratus

Les aventures de Mamie Ratus

- 7 Le cadeau de Mamie Ratus
- 39 Noël chez Mamie Ratus
- 3 Les parapluies de Mamie Ratus
- 8 La visite de Mamie Ratus
- 31 Le secret de Mamie Ratus
- 5 Les fantômes de Mamie Ratus

Ralette, drôle de chipie

- 10 Ralette au feu d'artifice
- 11 Ralette fait des crêpes
- 13 Ralette fait du camping
- 18 Ralette fait du judo
- 22 La cachette de Ralette
- 24 Une surprise pour Ralette
- 28 Le poney de Ralette
- 38 Ralette, reine du carnaval
- 45 Ralette, la super-chipie !
- 4 Ralette n'a peur de rien
- 6 Mais où est Ralette ?
- 20 Ralette et les tableaux rigolos
- 44 Les amoureux de Ralette
- 48 L'idole de Ralette
- 11 Ralette au bord de la mer
- 34 Ralette et l'os de dinosaure

Collection Ratus Poche

Les histoires de toujours

- 27 Icare, l'homme-oiseau
- 32 Les aventures du chat botté
- 35 Les moutons de Panurge
- 37 Le malin petit tailleur
- 41 Histoires et proverbes d'animaux
- 26 Le cheval de Troie
- 32 Arthur et l'enchanteur Merlin
- 36 Gargantua et les cloches de Notre-Dame
- 43 La légende des santons de Provence
- 49 Les malheurs du père Noël
- 52 À l'école de grand-père
- 21 L'extraordinaire voyage d'Ulysse
- 27 Robin des Bois, prince de la forêt
- 36 Les douze travaux d'Hercule
- 40 Les folles aventures de Don Quichotte
- 46 Les mille et une nuits de Shéhérazade

Super-Mamie et la forêt interdite

- 42 Super-Mamie et le dragon
- 43 Le Noël magique de Super-Mamie
- 44 Les farces magiques de Super-Mamie
- 48 Le drôle de cadeau de Super-Mamie
- 39 Super-Mamie, maîtresse magique
- 42 Au secours, Super-Mamie !
- 45 Super-Mamie et la machine à rétrécir
- 50 Super-Mamie, sirène magique
- 37 Le mariage de Super-Mamie
- 39 Super-Mamie s'en va-t-en guerre !

L'école de Mme Bégonia

- 11 Drôle de maîtresse
- 14 Au secours, le maître est fou !
- 16 Le tableau magique
- 25 Un voleur à l'école
- 33 Un chien à l'école
- 47 Bonjour, madame fantôme !

La classe de 6e

- 14 La classe de 6e et les hommes préhistoriques
- 17 La classe de 6e tourne un film
- 24 La classe de 6e au Futuroscope
- 30 La classe de 6e découvre l'Europe
- 35 La classe de 6e et les extraterrestres
- 42 La classe de 6e et le monstre du Loch Ness
- 44 La classe de 6e au Puy du Fou

Achille, le robot de l'espace

- 31 Les monstres de l'espace
- 33 Attaque dans l'espace
- 34 Les pirates de l'espace
- 19 Les pièges de la cité fantôme

Collection Ratus Poche

Baptiste et Clara

- 30 Baptiste et le requin
- 35 Baptiste et Clara contre le vampire
- 37 Baptiste et Clara contre le fantôme
- 40 Clara et la robe de ses rêves
- 51 Clara et le secret de Noël
- 22 Baptiste et Clara contre l'homme masqué
- 32 Baptiste et le complot du cimetière
- 38 Clara superstar
- 41 Clara et le garçon du cirque
- 43 Clara, reine des fleurs
- 45 Clara et le cheval noir

Les enquêtes de Mistouflette

- 9 Mistouflette et le trésor du tilleul
- 30 Mistouflette sauve les poissons
- 34 Mistouflette et les chasseurs
- 5 Mistouflette et les tourterelles en danger
- 24 Mistouflette enquête au pays des oliviers
- 1 Mistouflette contre les voleurs de chiens
- 7 Mistouflette et la plante mystérieuse

Hors séries

- 2 Tico fait du vélo
- 4 Tico aime les flaques d'eau
- 5 Sino et Fanfan au cinéma
- 12 Le bonhomme qui souffle le vent
- 25 Sino fête son anniversaire
- 7 Mon copain le monstre
- 19 Le petit dragon qui toussait
- 28 Nina et le vampire
- 2 Les malheurs d'un pâtissier
- 3 Karim et l'oiseau blanc
- 4 Timothée et le dragon chinois
- 6 Le facteur tête en l'air
- 9 Romain, graine de champion
- 10 Le trésor des trois marchands
- 15 Une nuit avec les dinosaures

Conception graphique couverture : Pouty Design
Conception graphique intérieur : Jean Yves Grall • mise en page : Atelier JMH

Imprimé en France par Pollina, 84500 Luçon - n°L99452
Dépôt légal n°38106 - mars 2006